LONG LONG AGO

河田 央子
KAWADA Hisako

文芸社

目次

あなた「ゴメンナサイネ」…………………………91

明治生まれの父の子育て

「して見せ言うて聞かせて　させてみて
　褒めてやらねば　誰がするぞや」

「白金も黄金も玉もなにせむに
　勝れる宝子にしかめやも」

子育ての著書の中には、何歳まではこのことを、何歳までにこのことを教えなければならない等々書かれた本が有る様ですが、小学校五年生の時のこと、男子同級生が「僕のお母さんはお母さんの膝に抱っこして注意してくださっている」と満足げにおっしゃっていた光景がなぜか記憶に残っております。母子家庭の一人っ子さんでした。最近その方のお子様が評論家としてテレビにお出になっていらっしゃるお姿を拝見しながら、私の子育ての反省を含め、高齢のお方と子育ての話になりました、その方は、「いけないことはいけないとして厳しく」とおっしゃいました。

今「子供さんたちは寄り付かない」とおっしゃり寂しい生活をなさっていらっしゃいました。さて私はどちらだったでしょうか…。

ここで父の教育を振り返ります時、子供には「深い愛」だけでよかったのでしょうか、両親からは叱られたことはございませんし、後で申しますが祖母は、私に注意する時は横を向いて「誰々ちゃんはこんな風になさるんだって」と両者を傷つけない様におっしゃる賢い方でした。バイオリニストTHTの音楽教育を、日々の生活の中で見ておられたのでしょう、祖母がおっしゃっていたことは「お父様は、物差しをもってお稽古をされていた、またある時は押入れの中で」と祖母の側で、お手伝いをしていた時、独り言のように話してくださっていました。

その時、やっぱり子供を立派に育てようと思ったら親も真剣にならないと、と思ったものです。結婚致しましてから子育てに励んでいました。子育てが終わってから失敗だらけの子育てを、反省ばかりの毎日です。心理学者の方が暴力だけでなく、暴言も脳に傷をつけると教えてくださいました。父の教育を振り返りますと、脳に傷をつけるどころか、今も「深い愛」で満たされております。中学生になりましたら父は私のことを「〇〇チャン」とチャン付けで呼んでくださるようになりました。腕時計も買ってくださいました。私が子供を叱りたいような時、父だったらどの様に、にこやかに収められたでしょうか。父は心理学者でしょうか、だからお酒が友達だったのでしょうか、その心理は誰一人理解することは出来ませんでした。同じ学校の男子生徒がお父様を諫められたニュースを耳にしました。その時の私の気持ちは何故か、どんなにながい間苦しい思いをされていたことでしょう、との気持ちが出てきまして責める気持ちはありませんでした。この気持ちはアルコール中毒の親を持った者（子供）にしか解らない悲しい気持ちなのでしょうか…

主人もお酒に強く（弱く）我が解らなく、歩けなくなるほど飲みました、公共の場でも何処でも、お陰様で二人の息子たちは心得ております。次男は口にいたしませんし、その姿を笑って介抱していました。

ある時、尊敬している父の弟である叔父が「兄は頭がよかった」とおっしゃったことがありました、おじさんこそ、今でも「○家一族」とネット上に載っているくらいなのに、と思いました。父の頭が良いかどうかは別と致しまして、ただ情が深く、細かい気遣いが出来る父でした、町内で困ったことがあると、大人も子供も、飛んで行って助けました。ある時、主人が実家の近くの病院に入院致しました時、お見舞いに行き、帰るなり「缶切りがなかったなア・布団が寒そうだったなア」とわざわざ缶切りを買いに行き布団と一緒に運んでおりました。父の細かいその気遣いと世間の空気とのギャップが父の心を虚しくさせてお酒を求めておられたのでしょうか、今だったら良く解りますのに…。人は亡くなられてからしか、その方の良さは解らないのでしょうか。ただ少し救われますのは、時間のある時は父の前に座ってお話し相手をしていました。父との会話は時には、哲学的で付いていけない、私が思っているより、遥かに深くて広くて、高いところにあるようで、とてもついていけない。父にしてみれば、どれだけ虚しいことでしょう。六人の女の子たちを、お育てするご苦労、ご心配は如何ばかりだったでしょうか、私と言えば、事務の仕事は定刻に終わらず、残業の時は、会社に近い祖母の家に泊まるということが再々でした。現在の私と言えば、仕事で一生懸命な私は、連絡もせずに祖母宅で泊まって居ました。子供たちが、思うようにならないと、腹が立ちます。父のことを思います時、父は、どれだけのことを飲んできてくださったことでしょう。父は、幼少の頃から、戦争中でも、子供を連れて徴用に行く程ですから、子供が、いとおしく、何をしても可愛いと思っておられました。叱るどころか、愛おしく、暖かい眼差しで子供たちを見つめる暖かいお姿が目に浮かびます。

ある時、「○○チャンラーメン作ってくれるか」とおっしゃったので、喜んで台所に行き、油は身体に良くないので最初の茹汁は捨ててお作りしたのを思い出します。父は、「おいしい美味しい」といって召し上がってくださいました。私は心を込めて丁寧に作らせていただいた気持ちが父に伝わったのだ。父はその気持ちをしっかりと私に伝えようと、まだ台所にいる私に聞こえるように「おいしい美味しい」と、心の奥にあった父の思いが何を私に教えようとしてくださっていたのか解り兼ねている私です。でも、最近何をいただきましても美味しくて「おいしい美味しい」と言って父を思い出しながらいただいております。本当においしいんですもの…。

人間好きの父は、ご迷惑も顧みずご近所さんで長居をしていました。子供心にも何とか父を迎えに行こうと「お父さんお夕飯ですよ」。お座敷の方で笑い声「ご飯なくなるよ」呼んでもなかなか帰らない、「お父さんと一緒でないと私食べられない」と言う、その後の場面は思い出せませんが、お邪魔しているお宅と我が家を行ったり来たりしたことを思い出しております。

大きくなるにつれて祖母や、親たちが「この子さえ男の子だったら」と私を見る度に言っていました。父にとりましては、なおさらのこと、どんなに男の子が欲しかったことでしょう。私のすぐ下の妹たちは双子です。母は、「お腹の中にオチンチンを切る神様がいらっしゃる」と冗談でも言わないと受け入れられないほどショックだったことでしょう。下の二人共女の子、もう私たちも、姉妹を説明する時は「女の子半ダース」と言っていました。

高校生になり、テニスの試合時、気が付きませんでしたが、父が、パートナーのお父様とご一緒に応援に来て下さっていました。その時週刊誌一席に大きく掲載されたのも父と一緒に喜び合ったことも思い出せません。もっともっと親孝行して差し上げたかった、ご心配ばかりさせてごめんなさい。お父さんのお陰様でH子は幸せにしています。有難う感謝の毎日です

親の愛は、その子の人生に色どりを

母親のお腹で、赤チャンを育てるということは遠い昔にウイルスによって生まれた。一億六千万年前、胎盤《たいばん》こそがウイルスと取引きをし、ペンデンウイルスが胎盤に組み込まれて出来たと言われる。

男性と女性、性的マイノリティ、染色体x×x＝女性、x×y＝男性、バリエーション卵巣と精子、子孫を残す為に、大きさで、男女の別が決まると言う。

x染色体は二〇〇〇種類、y染色体は五〇〇種類、ちなみに、トゲネズミはx染色体のみで、y染色体は持たない。なのに、ネズミ算式に子孫が生まれる。なぜ？

遠い将来、人類のy染色体はなくなり、x染色体のみが残る日が来ることになるのでは…。

「人の愛は一億六千万年前の原子から？」

私の原子、染色体は、暗黒物質の中から、尊い父の姿の中に、透けて見ることが出来ます。

百億分の一とも言われる、目には見えない原子は、目に見える先祖、両親の、愛の中に見つけられる様な気が致します。

お父様　有難う！　スバラシイ染色体を。覚えているだけでも、お父様が私を、いつくしみ、可愛がって、大切にお育て下さっていたことは、その様々の場面を想い出しても、愛の深さに、感謝の涙が溢れて参ります。今も…。

生後二、三ヶ月の頃でしょう、母におんぶしていただいている写真、シャッターを切ってくださったのはお父様。四、五ヶ月の頃の、椅子に座って帽子をか

ぶって、おもちゃを持たせて頂いている写真、どちらもシャッターを切ってくださったのはお父様。その時のお気持ちは如何ばかりだったことでしょう。曾祖母《そうそぼ》が「この子は、男の子だと思っていたら、女の子だったのか」とおっしゃった、と、母からお聞きしましたが、とてもやんちゃで、よくお倉に入《い》れられていました。

厚さ三十センチもある白い土の扉、次に木の戸、次は網戸、と絶対に出られない。泣いたのは覚えていませんが、壁《かべ》の隙間からの光、ネズミが走っていたことは覚えています。

夏の暑い日のこと、アサガオの垣根の日陰で昼寝をしていた時、春姉（女中さん）がわいわい言って探していた時のこと。

満潮で井戸の中の金魚や庭のゲタが川に流されて行くのを、出窓の敷居に

江戸生まれの曾祖母

登って「ゲタ、ゲタ」と騒いで、春姉が「アブナイアブナイ」と叫んでいた様子。お父様が、チョウヨウに行く時は、軍服の様な服を着た兵隊さんたちで身動き出来ない満員の汽車のところへ私を連れて行き、「オシッコ」といったのでしょう、兵隊さん達の頭の上をリレーで窓からオシッコをさせてもらった時のこと。階段の最上段から、ころげ落ちた時、私を抱き上げ、部屋の中をオロオロウロウロと歩き回ってくださっていた時の、お父様の息遣いは、今も、この身に伝って参ります。

父はよく自転車の前に私を乗せて、町へ繰り出していました。町での様子は、思い出せませんが、自転車に乗っている時、ちょうどお寺の前あたりに来ると、父の指で、私のマユ毛を撫でてくださっていました。きっと父の唾《つば》をつけて…。

幼稚園へ通う年齢になりましたが、登園拒否で、女性の園長先生が、枕元に来られて、祖母と母が横におられました。きっと、心配をおかけしていたのでしょう。

夜になりますと、いつも肩たたき一〇〇回、父の細腰の所に乗って足踏み、当時は、私の体重がちょうど良い重さなのだろうと思っていたものですが、幼心にも、きつかった思い出の一つです。

又、小学生の頃は、休日には、自転車のスポークの間を一本一本研くことも、私にとりましては、苦痛でした。父は私に根気を身につけてくださっていたのでしょう。私は、三人の子供たちに、この様に子育て出来ていたでしょうか。

又、家で絵を描いていますと「お父さんも学生時代絵画クラブに入っていた」と言って側でいっしょに絵を描いてくださったのを思い出します。

夏休みになりますと、昆虫採りに夢中になり、一日中、網を持って走り回って居りました。今では見られなくなった、オニヤンマ、アゲハチョウ、オハグロ、赤トンボ、糸トンボ、カブト虫、クワガタ、玉虫等々…父は、私が採集した昆虫達を、立派なガラス付きの木箱を大工さんに誂えていただいてくださいましたが、私は「ありがとう」と言いますより、もったいない思いで一杯でした。子供を喜ばそうとの思いで作ってくださった父の心に応えることもなく、親心の解らない私でした。小学校二、三年頃のことだったでしょうか、父は私をお風呂に入れてくださっていました、覚えておりますのは、五右衛門風呂の縁に腰掛けている父の大切なところを、不思議そうにジーと眺めていました。女性ばかりの六人姉妹の私には、とても不思議でした。父はそれ以来、私といっしょにお風呂に入ることはなかった様に記憶して居ります。父の無言の性教育の一環だったのでしょうか。

終戦後の食糧難の時、ダンゴの入った汁物が、どうしても食べられなくて、親たちが「食べず嫌いはだめ、食べてごらん！」と長時間に亘って説得され、それでも食べずに、親たちを困らせていました。

体があまり丈夫でなかった私は生玉子を五個ビニール袋に入れて、ストローで穴を開けた玉子を、吸っていました。

父はユニークな方で、情操教育の一環なのか、ヤギを飼ってくださったり、七面鳥やニワトリや、ネコ、犬はもちろん色んな小動物を飼ってくださいました。ヤギの出産に、立ち会わせてくださったり、押入れから、ヒョイっとバイオリンを出して弾いてみせたりもいたしました。六年生で「全国唱歌ラジオコンクール」で入賞致しました時、父は同級生のお宅に行って、「何とかレコードに」とか、言っていた様です。音楽会に連れて行っては舞台に向かって、「H子あれがバス、あれがチェロ」と耳元で教えてくださっていました。一番覚えているのは、履き物をビニールの袋に入れて膝の前に置いていたことです。

十歳を過ぎた頃から毎朝の様に「こんな服では学校に行かない、〇〇さんは、もっと可愛らしい服を着てる」「〇〇さんは二人姉妹でしょう」と姉のお古ばかりの六人姉妹のセコハン娘の私を玄関で諭してくださっていました。

父は私が中学生になると腕時計を買ってくださいました。いつも外すのを忘れてお風呂に入って濡《ぬら》していました。もったいないことです。

私たち姉妹は、運転免許証を頂ける年齢になるのを待ちかねた様

赤チャンの時、座っていた椅子に座っている中学入学時の私

に父は自動車教習所に通わせてくださいました。その頃女性は一人でした。

お勤めする様になりましたが、私が出勤しようとした時、仕事中の手を止めて、どこからともなく現れて、自動車のエンジンをかけます。私は、当たり前の様に乗せていただいて、五分程の職場の前で「ありがとう」ドンとドアを閉めて降りていました。今から思いますと、あの時、父と目を合わせて、「ありがとう」と言っていたら、父は、どんなに喜んでくださったことかと反省しきりでございます。


明治生まれの父は恋愛結婚をし、最後まで母を愛し、子供たちを愛し、地域の皆様の為に働き、先祖代々町内会費をいただかずに会長や民生委員を務め、地域の子供たちを集めては、お正月にはカルタ大会をし、ミカンを振る舞う愛情深い父でした。京都のレストランで実家の近くの方とお会いした時は、その方のテーブルに何か、ご馳走したり本当に温かい父でした。

母のことで一番思い出しますのは、六人の女の子たちに、ヤイト（お灸）をしていました（背中に）ことです。母が九十七歳になられ介護に訪れしました時、ずーっと気になっていたそのことを、母にお尋ねしました。母は、「終戦後食物のない時代、子供たちが丈夫に育つ様にや」と、はっきりとした口調で教えてくださったのです。母のその言葉をお聞きし、ももやもやしていた母への気持ちが深い母の愛であったことに気づかされ、霧が晴れた様に、感謝の気持ちで、心が温かさで満たされました。「私、誰か解る」と尋ねると「解るわよ、H子やろ！丸い可愛い子やった」とすかさず、ハッキリした口調で答えてくださったのです。長年、疑問に思っていましたことが母の子供達への深い深い愛であったことに、存命中に気づかせていただけたこと、こんなに、清々しい気持ちになれたことに、ただただ今まで気づかずにいた自分を申し訳なく、反省すると共に、今、母がお元気なうちに気づかせていただけた機会に感謝でした。もし、母から、この言葉が聞かれないまま、お別れをしていたら、

きっと、ずーっと、母への思いは、変わらなかったことでしょう。母は終戦後の不自由な中で「丸い可愛い子」として、お育てくださっていたこと、今お尋ね出来て、やっと解る愚かな私で、「ゴメンナサイ」そしてお育ていただいて「ありがとう！」

男女平等、男女参画、女性の社会参加、女性の雇用平等、家事は無償労働とか、女性の働きが、いかにも価値のないものの様に世の中に出回って、男女同様に扱うのが近代的で、美徳の様になってきています。

最近の話題として、年々エスカレートとしていますが、子供を産み育てるという立派な大事業があります。少子化が進むと、どうなるでしょう。平均出生率一・四人から一・三人台に減少してきたとのことです。少子化が加速している様ですが、結婚して子育てする中で、幼稚園から大学まで、収入に比べ、お金がかかり過ぎます。子供一人目から、無償で大学教育を受けられる様にすれば如何でしょう（私立は別）。サラリーマンで、親からの資産がなければ、大変です。余裕があれば、近年の親の虐待も、詐欺も少なくなるのではないでしょうか、政治家の皆様、この宝物を世に出すのに、軍事費を少し削って、大学まで、無償になさっては如何でしょう。スバラシイ能力の宝の輩出になることでしょう。又、政治と国民の距離が近くなることでしょう。アメリカの「核の傘」は、もはやアメリカの「核の盾《たて》」になってしまうのではないでしょうか。休日返上で頑張ってくださっている「コンビニ」は国営になさっては如何でしょう。

国民は、休日、大晦日、等、大変助かって居ります。災害時は特に助かります。最近、国会でも、男性、女性、ジェンダーと問題になって居りますが、一億六〇〇〇万年前からxとyの関係はあるということです。

それが、色んな影響を受け、今日（地球温暖化等や、テクノロジーの多様化）のx・yの関係も変化してきているのでしょう。と致しますと、男性・女性・x・y性とジェンダーを特別扱いしないで、何かxとかyとかAとかBとかに誕生と同時に決めては如何でしょう。

祖母の顔から火が出た話

三、四歳頃でしょうか、私はいつも一〇〇メートル程離れたお友達のお宅へ「お嬢さん遊びましょ」と言って「海軍将校」様のお宅へ遊びに行っていました。ある日の夕方、祖母に連れられて、お邪魔していました。祖母たちがお話ししている間二人で遊んでいる時のこと、突然「乞食の子が転んだッ」と大声で叫んだのです。その時の親たちの場面は記憶にございませんが、想像するだけでも恐ろしくなります。帰宅致しましてから、お叱りを受けた場面も思い出せませんが、どんなに祖母をビックリさせたことでしょう。「顔から火が出る」とは、こういうことを言うのでしょうか、それに致しましても、なぜ「乞食」と、言葉を口にしたのか、祖母、両親からも、人様を、その様に口にしましたのを、耳にしたこともございませんが、テレビやラジオから流れてきます最近の行政の言葉の中で、

「キックバック」・「公金横領」等聞きます中で、江戸時代から「お代官様への貢ぎ物」等、幼児の耳にも、この様に映ったのでしょうか。令和時代の公職者と国民との普遍的な関係を、四歳の子供心にも、感じての表現だったのでしょうか…。

祖母は天才、性教育

祖母は、お寺の熱心な檀家でした。二、三歳の頃でしょうか、いつも添い寝をして、教えて下さるのは、お経でした。

何回も何回も教えて頂いたお経を、お仏壇の前で、唱えさせていただいて居ります。

五、六歳の頃、祖母が、お買物にお出かけの時は、いつも「ハイ！　生きた杖」と言って、手を差し出されるのでした。お買物の途中、足のご不自由なお方を見て、マネをした時、ヒドク叱られたのを、今も鮮明に覚えて居ります。

祖母が、お寺参りをされる時は、いつも私が、お供をさせていただいて居りました。

五、六歳の頃のことでしょうか、お寺の御門の両脇に、こわい顔の仁王様、天井に画かれた地獄絵、中に入りますと、立派な本堂で手を合わせて、お参りさせて頂いたものでした。

そこで印象に残って居りますのは、ガラスビンの中に、アルコールに入った胎児の、二、三ヶ月程の小さなものから、赤チャンの形が見えるのまで、五つ程、並んで居りました。今でも脳裏に焼き付いて居ります。

帰りには、お寺の石段に腰かけて、嬉しそうに綿菓子を食べた光景が、今も想い出されます。昭和二十年頃（一九四五年）のことなので、戦後間もない頃で、珍しく、よほど嬉しかったのでしょう。

祖母は私に何を教えようとしてくださっていたのでしょう。祖母からのお言葉は、思い出せませんが、その時の場面は、鮮明に残って居ります。お陰様で私は、プラトニックラブを求める娘時代を送ることが出来ました。

主人との結婚は、お見合い結婚でした。お話しさせていただいたのは、三十分程度を二回、とお手紙でした。父の一言で決心致しました。とまどいの多い結婚生活でしたが、六十年近く添い遂げられましたのも、祖母の教えのお陰でございいます。

臨終の時、主人は、二十四時間、私の介護の元「ありがとう、満足や！ バンザーイ」と両手を上げて、旅立ちました。それはそれは安らかな終焉でした。残されました家族にとりましても、何よりの贈り物でございます。

五十歳から始めさせていただきました事業も、お陰様で、いつの間にか銀行の受付嬢さんからも、「羨ましい羨ましい」とおっしゃっていただく様になっていました。

結婚生活は色々とございました。最近のお若い方々は、とっくに離婚されていることでしょう、このことにつきましては、又の機会に…。

幼少期の視覚・聴覚の影響

ある少年が、幼少の頃、柔道の試合で優勝し喜んで家に帰り、頂いた賞状をお父さんに見てもらった時、目の前で焼かれてしまった。その時の彼のショックは、いかばかりだったことでしょうか、四〇歳になった頃に、大変な放火事件を起こし、新聞テレビで報道され、死者数何十人となり、加害者の彼は最高刑の死刑となった。ここでも、幼児教育の大切さを重く感じざるを得ません。

学校へは二時間目から登校する自由人

小学校二年生頃だったでしょう、花柳流の「日本舞踊」をお習いしていました。おばさまが、和服を、竹で編んだ籠に入れ、お稽古に連れて行ってくださっていました。ある日のお稽古の日のこと、大切にしておりました、親指の先程の丸くなった消しゴムを和服の帯の間に挟んだまま、一段高い所に設えてあります檜舞台に上がりお稽古が始まりました（当時消しゴムは、玩具代わりに大切にしていました）。帯の間に挟んでいた消しゴムが、コロコロと舞台の端の方まで転げていったのです。お稽古の間、取りに行くことも出来ずお稽古が終わったら取りに行こうと気にしながら踊っていました。お稽古が終わるが早いか小走りに消しゴムめがけて走り寄り消しゴムの上に手を置き、先生にいつも通りお礼のお辞儀をし、大切な消しゴムがわが手の中に返った喜びでウキウキ気分で家につきました。

おばさまは、両親たちに「Hチャンは、大したものや、下座からご挨拶できました」と、下座も上座も解らない私、たまたま消しゴムが下座に転げただけなのに…と親たちの話を聞いていました。

小学校に上がるようになりました。二、三年生の時の担任の先生は、親戚の叔父さんでした。四年生の時は、一年生の時担任の先生と校庭で雪合戦の時、転げるまで追いかけられハアハア・ゲラゲラ笑い転げた、懐かしい思い出の先生が、再び担任でした。五、六年生の時は、私の好きな図工の先生が担任でした。中学時代も、相変わらずの私。父の妹の旦那様が教頭先生でした。ソロバンを忘れた時は、何のためらいもなく、「オッチャン、ソロバン貸して」と入っていく。帰宅した時叔父さんから「オッチャンじゃなく、おじさんと言いなさい」とご注意を受けました。人生で面と向かってご注意を受けたのは、両親、祖母をはじめこの時だけです。その時私は「オッチャンは、いい格好しいや」うちのお父ちゃんとは違う、お父ちゃんだったら自分が何と呼ばれようと、こんな注意は恥ずかしくてしない。お父ちゃんは、何時も、態度で示してくださっていました。例えば、自転車のスポークの間を一緒に磨くのも、根気をしつけてくださっていたのでしょうか。やっぱりお父ちゃんの子供でよかった。広い心でのびのびとお育ていただいて本当に有難う。

叔父の二人の息子を保育園に送って行くのが何故か私の仕事でした。二時間目から登校していましたが、担任の先生から、ご注意を受けたことは記憶にございません。ただ、昭和の昔から、「いじめ」はあったようです。私はいじめられているとは感じていませんでしたが、周りの生徒たちが、「その人、教頭先生の親戚の人やで」と言って、私を助けていました。二時間目から堂々と登校する私の神経も如何なものかと理解し兼ねますが…。

高等学校へ入学致しましても、四歳違いの姉の担任の先生と同じ英語の先生が担任で、ここでも又、良くしていただき、英語が好きになりました。先日も娘のデンマークのお友達にお電話致しました時、電話口の校長先生でいらっしゃいますお父様に、「あなたは、英語がお上手です」とおっしゃっていただきました。高校時代の英語の先生に発音について厳しくご指導いただいたお陰と感謝で思い出しました。アッそうそう、高等学校に入学致しましても、母に、髪を三つ編みに編んでいただいて登校して居りました。リボンを付けて、二年生になると、自分勝手にパーマをかけました。今から思いますと、とんでもない勝手者で我ながら呆れています。学校から家にご注意があった訳でもなく、両親から注意を受けた事もなく、何も覚えておりません我がまま者ですが、末永くよろしくお願い致します。

明治・大正・昭和・平成・令和　それぞれの時代の男性たち

何時も祖母の周りには、お友達が集まります。お食事をしながらのお話の様でした。どうやら、祖母の旦那様が遊郭から帰ってくる時のお話です。sさん（祖母の夫）が遊郭から「人力車に乗ってシャンシャンシャラシャラ鈴を鳴らしてマアッ派手なことでしたねえ」と二人が笑い合っていました。時代が違うと、こんなにも違うものかと思いました。昭和時代はどうでしょう、父が遊郭へ行った時、母は、焼きもちを焼き、父が可愛がっている私の顔を見れば帰るだろうと、私を連れて迎えに行ったのでした。その時覚えておりますのは、畳のお部屋で立派なテーブルの前にチョコンと座って居りました、そこへ和服姿のきれいなお姉さんが「お嬢チャンお目がカタイわね」と入って来られ、お茶わん蒸しや何やらテーブルに並べてくださっていました。お味は思い出せませんが、三味線の音色や、襖の感じから日本文化の雅を感じたものです。一方母は、私の下に四人の乳飲み子の育児で、精一杯の生活だったことでしょう。考えてみますと、終戦直後のことでしたが、今のウクライナと違い、お琴や三味線の音色や日本建築の雅な感じが伝わってきました。平成・令和の世界は如何でしょう、性加害や●●と、一流企業の有名人までが、長年にわたり、相手に、辛い思いをさせていることも「ジェンダークライム」も意識なく、自分の満足感のみ、お金を払わずに遊ぶという、虐待はあっても謝罪はない、女性は、収入は無くても子供を「産み育てる」という立派な事業があります。しっかり稼いで一流の遊びをなさってはいかがでしょう。

戦争

第二次世界大戦が始まった頃に生まれ、五歳頃に終戦を迎えました、実家は軍港の近くにあり、家族は田舎へ疎開《そかい》していました。祖母と私だけは実家に残り、裏庭に作られた防空壕へ、B29が襲来《しゅうらい》する度に、ご近所様達と、逃げていました。部屋の電気は明かりが漏《も》れない様に布をかぶせ壕へ走って逃げていました。日本家屋は藁葺《わらぶき》きだということで焼夷弾がB29から壕の入口にピカピカと落ちていました。あれがもし爆弾だったら今の私はいないでしょう。同級生のYチャンは泣いていましたが、私は泣かなかったのを思い出します。疎開《そかい》先へ行った時、真暗《まっくら》な夜にホタル採りに出かけ、ヘビの目が光っていたことや、疎開先の家へ帰った時は雨戸は閉まって、父に大層叱られたのを思い出し、幼い頃から、ヤンチャで親には随分ご心配をおかけしていた様です。終戦を迎え、兵隊さんたちが引き揚げてこられる頃、町のご婦人方は割烹着姿《かっぽうぎ》で忙しく港に帰ってこられる兵隊さんたちをお迎えされていました。「平《たいら》引上橋」は有名です。

十六歳で舞鶴陸軍として出兵されました、原田二郎様は、帰国後「シベリヤ、強制労働凍土の記録」の語り部として過ごされました。

零下三十度の激寒の中で、教育大学建設の為に、一日に大きなレンガを、三百八十枚積むノルマが強いられた。一日に一枚のパンで働き、ノルマが達成出来なかった日は、絶食！　零下三十度の中、朝起きると、隣の友人が死んでいる、左の友も右に寝ていた友も。明日は自分の番かな、そんな気持ちで、一日、三百八十枚のレンガを積み続けてきた。

五十七万人のシベリヤ強制労働者、食事も与えられず、五百五十四人が死亡と、辛い日々が語られた。彼は、七十歳から、シベリヤの夢を見る様になり、六十七年振りに、ハバロフスクへ旅立たれました。そこで、原田さんたちが一日一枚のパンで三百八十枚の厳しいノルマで積み上げた、懐かしい教育大学の美術学舎の建物へと紹介されました「原田さんのお陰で七十年経っても残っています。」と、現在も美術学舎の教授は「生徒たちには、この建物は日本人が建てたことを伝えている」と明るくにこやかに語られて、帰りには、当時のレンガをサイン入りで贈られた。又「今日、日本人が来たことを生徒たちに伝えます」と、大変、和やかな雰囲気の中、七十六年前のなつかしいシベリヤを後にされたのです。

その後の、語り部の内容は、現在も、日本人が建てた建物が、ロシアで立派に使われている、日本人は捨てたものではない。と、変化した。「凍土の記録を風化させない」お土産のレンガに、ハバロフスクと書いてほしいと依頼された時、喜んで応じられた様子を拝しながら、真に戦争は、国と国との争いで、人と人の争いではないことを、ロシア人の温かいもてなしと笑顔の中に感じられました。その後の語り部の内容も日本人のほこりを語り、シベリヤの夢も見られなくなられたとおっしゃっています。

又、小学校の時の担任の先生が、シベリヤ抑留から帰ってこられたお話、鉄のトビラを手で触ると手がひっついて外れない。オシッコをすると、順番に凍って、アーチのようになるお話を坦々として語ってくださったのを思い出します。

シベリヤと言えば、立花隆氏が実際に、近年になってから、抑留中のシベリヤを見に行かれた時のお話をテレビで見せていただき、青い海を隔てて見る日本の地へ、どんなに兵隊さんたちは海を渡って、日本にお帰りになりたかったことでしょう。その時の様子を絵に残されて居られるのを拝させていただき、想像していた以上に多くの方々が、あの酷寒の中で、食べ物もなく、お亡くなりになったことかを、改めて胸に留めさせていただき、現在の日本は、利己主義で、お金儲けに走り、公金横領は毎日聞かれる、日本よ、今、ここで目を覚まして私たち日本人の為に命を落としてくださった、兵隊さんたちのことを忘れないようにしたいと思います。

第二次世界大戦勃発

軍港のある舞鶴で、何が起こっていたか

庭には、防空壕を掘り、ご近所様皆で逃げ込んでいました。部屋の電気は、低くして、明かりが漏れない様に布をかぶせていました。築港の近くに、鉄を集めに行きました。川の近くにありました生家にはB29に見つかるからと、家も蔵も壊され、実家の、窓の鉄格子も、切り取られていました。縁の下の刀の鞘《さや》だけが残っていました。きっと刀狩りがあった時に、せめて、想い出にと、残されたのでしょう。ご先祖様の思いが伝わって参ります。

生家も、実家も壊され、祖母や、両親からは、それらのことについて、不足も恨みも、お聞きしたことは一切ございません。

家族は疎開しましたが、祖母と私（三歳）は、実家に残り、逃げ回って居りました。

終戦後は、婦人会の方々が、割烹着姿で、忙しく働いて居られました。

お城は、目立つからと、白壁は、コールタールがバケツで、振りかけられ痛々しい姿でした。

敗戦後は、舞鶴、平《たいら》桟橋へ、帰国される兵隊さんたちをお出迎えに、忙しくされていました。「岸壁の母」の歌の通り、多くの兵隊さんたちを、お迎えされていました。

敗戦後、アメリカからお人形や、チーズ、お菓子が送られてきました。

戦争とは、国と国との争いで、国民同士は仲良しなのに…。

二度と、戦争は避けていただきたいものです。戦争とは、勝っても負けても、想い出も財産も跡形もなくしてしまい、残るのは、無念の思いのみです。

第二次世界大戦下の体験のお話　ＭＨ様九十七歳

南の島へ兵隊さんとして、出兵なさっておられ、ただお一人、生還された時のお話。朝七時に草津駅に着き、町の人達が集まってきて質問ぜめに合い、家に着いたのはお昼過ぎになったと、戦争が終わってから帰国された時からのお話を、時間がある時は、明るい雰囲気で、お話ししてくださいました。九十七歳の矍《かく》鑠《しゃく》たるご主人でした。

戦地の島では、時間になるとＢ29が飛んでくるので、皆、ゴム林へ逃げ込む。ある時、友達が「大砲が落ちたぞ」と壕《ごう》から外を覗いた瞬間、「さっきまで話していた友の首から上がなかった」「何人の遺体を焼いてきたか」「遺体の太モモが美味しそうに見えてなァ」とおっしゃる。私が「Ｍさんの様な、戦地で、ご苦労されたお陰で、今日の日本の幸があるのですネ」と言いますと、「その様に言ってくれるのは、アンタだけや」と淡々と、お話しして下さった一齣です。

敗戦直後の日本国土の様子

敗戦直後、小学校低学年の記憶になりますが、今では考えられませんが道路は土道でゴミだらけの、とても不潔な道路でした。そこへ、ハエ（当時は銀バエと言っていました）がいっぱい飛んでいました。そのハエを、ハエ叩きで取り、マッチ箱に入れて毎日、学校へ持って行くのが日課でした。部屋では、天井から、ハエ取り紙なるものが吊されていました（ハエが止まって引っ付いてしまう）。

軍港の近くは、石ころだらけの土地でした。母は私を連れていき、石ころを取り除き薩摩芋を育ててくださっていました。港近くに鉄くず拾いにも行きました、きっと鉄砲の弾が足らなくなったのでしょう。服装は、大人も子供もモンペ（ウエストも足首もゴム通しでした）。八〇年前にはとても考えられなかったその地に大きなセンターが建ち「食堂・土産物売り場・鮮魚即売」と立ち並び、他府県からも、新鮮な魚介類を求め、多くの方々で賑わって、広い駐車場は、いつもいっぱいです。当時、母と一緒に石ころだらけの畑を耕した時のことが懐かしい…。

不思議な人生

一歩外に出ると被写体になっていました。小学二、三年生の頃、町でも有名な、事業家の結婚式に、お嫁さまのお手をとり、お部屋の神棚、仏間へとご案内させていただくお役をさせていただきました。お嫁さまの指が真っ白で細くて美しかったのを想い出します。

小学校時代は、お寺さまで、お習字をお習いしたり、ソロバン教室へ通ったり、冬になりますと、お寺の坂道を竹スキーで滑って遊んでいました。

高校生になり、テニスの試合の時、町のお医者様が撮ってくださった写真が、アサヒカメラの「優勝戦の選手」でお正月号の一席で、入選され、表紙を開くと一ページに載せていただきました。お勤めする様になり、お昼休みに、お城の公園にありますバラ園で新聞社のカメラマンの方が「顔をボカして下さるのでしたらいいです」と私。翌日の新聞には大きく美しく掲載されていました。

事業を始めてからも、全国六名の中に選んでいただいたり、テレビにオーストラリアの研習旅行発表の機会を戴いたり。無学の私が、もったいなくも、はなやかな人生だったなァと、想い返して居ります。

これも、ご先祖、両親のお陰、いや、原子の働きなのでしょうか、四つ年下の双児の妹たちも姉の方は、いつも細いことに興味を示していた様です、又妹の方は、常に食べ物を口にしていたのを想い出しますが、それぞれの人生を見ていますと姉の方は手芸を、妹の方は食べ物（麹菌）の研究したり。それぞれ幼い頃からの延長線上にあることに考えさせられます。

ところが、私といいますと、後継の息子にそのまま（箸の上げ下ろしまで）引き継ぎたいと焦っている。彼は彼の原子の延長線上にあることを思いながら…。

死んだら終わりと違います

霊のこと等を申しますと、そんなこと、この世に有る訳ないでしょう。とおっしゃる方がほとんどだと思います。私は、八十余年の人生の中で、現に体験致しましたので、ここで記すことは少し戸惑いましたが、やはり、人間の原子との関わりに心を馳せる時、その関係をないとは言い切れないと思い、ご判断は皆様にお任せすることと致しまして、私がしました体験と、不思議な現象を、文字にさせて頂きました。

一夜、帰宅途中、町内のお宅の軒下の隙間《すきま》から、暗い夜空に、赤い火が、屋根の方に向かって、すりぬけて出て行くのを見ました。自宅に着きますと、そのお宅のおじ様が、亡くなられたとのこと。その時私は、「火の玉」という言葉は常々、耳にして参りましたし、皆様もご存じだと思いますが、それ以来、霊が形になる瞬間ってあるのだなァと思いました。

二　父が亡くなりました時（一九六六年七月八日）父が安置されていたお部屋を、ウグイスが飛び回っていました。又、その上、大きなヘビが庭を通って畑の方へゆっくりと出て行くのを見ました。後でお聞きしましたが、父のお守りのヘビだったとか…。

三　毎年夏休みには、日本海へ家族で遊びに行っていました。父が亡くなられたその年の夏休みのこと、例年通り家族全員で、海に参りました。私が砂浜に立ち、幼い子供たちが泳いでいるのを見ていました。フッと気が付くと足元を、カニの親子が手をつないで、左右に行ったり来たり、楽しそうに動いているのです。瞬間「お父さんも、いっしょに来て、楽しんでいるよ」と聞こえる様に映りました。

四　その後、夢枕に現れては、一言大切なことを教えて下さいます。あの世は忙しいらしくて一瞬、一言です。

父の妹である叔母が亡くなります三ヶ月前のこと。雲に乗った父が、白いカッター姿で、周りに大勢の人たちに囲まれ、「今度は○○の番だ」と一言、忙しそうに去って行きました。それはそれは美しい青い空と大きな雲の真ん中に白いカッターシャツのりりしい姿。その時、父が伝えて下さった、叔母が、三ヶ月後、何の病気もありませんのに、側にいました甥の目の前で救急車を呼ぶこともなく五十三歳の生涯を閉じたのです。

あの世では、三ヶ月前から、この世のことは解っている、いや、もっと前から決まっているのでしょうか、それとも、生まれた時から、組み込まれているのでしょうか、誕生の時の原子のままに…。

五　義母の終焉の時の夢のこと

夜明前、五年近く脳梗塞を患って病床に臥されておられた義母が、とても苦しがられて「シンドイワーシンドイワー」と訴えられ、私は一生懸命、足をさすらせていただいていました、すると突然父が、羽織袴姿で「ファー」と降りて参りました。「もうちょっとじゃ、ガンバレッ！」と「お父ちゃんも、こんなにしんどかったの」と私。「おお、そうじゃ」と言うが早いかスーッと天に昇って行きました。「ああ楽になった」と義母。朝、目が覚めますと、実家から電話があり、「義母様が亡くなられました」との連絡がありました。驚いたことに父が降りてきて下さった同じ時刻です。

三回の大事故は全て人生の道しるべ

私は、幼少の頃から絵を画いたり、物を作ったりすることが好きでした。子育ても一段落、これからの人生、どの道に進もうかと考える日々が続いていました。一先ず、人としての道、倫理のお勉強をさせていただこうと燃えていました。ちょうど、その最中に起こった一回目の事故です。

国道一号線をバイクで走っていました。所謂《いわゆる》「ありがとうドン」という事故です。渋滞の車の間から突然出てきた車に体当たり！　軽トラとバイクの事故です。私は目の前に現れた軽トラックに、そのまま体当たり。バイクのフードの前日壊れていたところへ額が当たり、五センチ程のキズから血がポタポタ落ちていました。それを見た瞬間「女性が額にケガをして、もう捨てるものはない。」と思いました。レントゲンの結果鎖骨が折れて、むち打ち症で、長年苦しみました。テレビの天気予報以上に、翌日の雨量が解りました。そんな辛い日々が八年間続いていた一月のこと、六人姉妹の次女として生を受けた私を可愛がって育てていただいた祖母（九十七歳）のお見舞いに帰りました。祖母は母に大切に介護していただいて居られました。私は祖母の布団に入り、なかなかお見舞いに来られなかったお詫びと、可愛がってお育ていただいたお礼を伝えさせていただきました。それが最後のお別れになろうとは思いませんでした。祖母は私がお見舞いに帰るのを待っていてくださっていたかの様に、翌日、天に召されたのです。葬儀の日、お棺の祖母に思わず「おばあちゃん首が痛いんだわ」と言ってしまいました。まさか、治していただこうとか、治るだろう等とは思ってもなく、八年間の痛みから、自然に口から出ていました。不思議なことに、その瞬間から首の痛み（ムチ打ち症）が信じられない程、消えてなくなり、それ以来、あの苦しみは一度もございません。

祖母へのご恩返しの思いから、何かご高齢者のお役に立ちたいと、現在の介護の道に進ませていただき、お陰様で、三十余年続けさせていただいて居ります。

三十メートル下の崖《がけ》への転落

転勤先で新聞を見ていますと、琵琶湖の見える高台の別荘地が売りに出ている話が目に飛び込んできました。早速見に行き、即決で話が進み、設計の運びになっていた時のこと、自分で考えて設計した図面を持って、設計士のK様との打ち合わせの日。まだ、京都縦貫道が出来ていない頃、転勤先から京都までの山道を、一時間程車を走らせ、トンネルを出たカーブで、主人の運転する車が急に左にハンドルを切り、三十メートル下の杉木立の中へ突入したのです。下には川が流れていました。私たちが乗っている車は、まるでパチンコ玉の様に、杉の木の間を走りぬけ、やっと川の手前で一本の杉の木にバンパーを当てて止まりました。上を見上げますと、ヤジウマがいっぱい。私たちが這い登って行きますと皆が「ケガないの?」と不思議そうに見ておられました、その内のお一人の方が車で近くの交番まで送ってくださいました。交番でも驚《おどろ》かれ「あんたたち奇跡やね、この間、そこで事故に遭った方は、こんなにケガされたのですよ」と一枚の写真を見せてくださいました。

レッカー車が現場近くへ到着しましたが、スリップの跡も、ブレーキ跡もないので、なかなか見つかりません。やっと見つかり引き上げていただきました。車はどこも傷んでいません。主人はK設計士様のところへ「約束通り、行こう」と申しました。その時、フッと今朝の夢で、「K死ぬ！」との「亡き父の一言」が脳裏に浮かびました。その一言に気付かず、走っていた私たちに、父は、車を曲げてまで教えてくださっていたのでした。一つの団地に自分だけ異なった家は良くないと聞きます。父は、私たちにそのことを、夢枕の一言で知らせてくださっていたのでしょう。

「銀行の駐車場」での事故

事業が忙しく、三時の閉店間際に銀行に向かいました。銀行の駐車場には一台駐車していましたがその他は空いて居りました。私の前を一台の外車が入って行きました。私は手前の三台目に駐車しようと、前向きに入りました。前を走って行った車は、それよりはるか遠く（八台目）の所まで入って行ったのを確認し駐車しようとしたその時、前を走っていた外車が私の隣《となり》にバックで止めようと、思いっきり私の車の左側面に激突したのです。その時私は、シートベルトをしたままでブレーキを踏んだまま、鍵に手を伸ばした瞬間でした。私は右側面に思い切りたたき付けられ、左頭部を思い切り天井に打ち付けたのです。しばらく何が起こったのか解りませんでした。

失神し、左目からは涙《なみだ》とも何とも解らない水が出ていました。

鏡を見ると額の左半分が引きつり、ゆがんだ顔が鏡に映っていました。

右足の親指の爪が砂の固《かた》まりの様になっていました。任意保険に加入していない相手の保険会社の方は「家を売って弁償したらよい」とおっしゃっていましたが、相手を責める何ものもなく、相手から一言の謝意も示されていませんが、この身体が治ることのみ願って今日に至って居ります。

その瞬間のことを思い返しますと、一瞬遅ければ、シートベルトを外し、ドアを開けた状態で、足を外に出した瞬間、足をドアに挟まれていたことでしょう、もし、シートベルトも外した状態で天井にハネ上がっていたら、首が折れて大変なことになっていたことでしょう。

でも、これも、私が今まで通り続けていましたら、後継者が育たなかったでしょう。

この事故のお陰で、後継者が、自分の仕事として、責任感が感じられる様になったので、この状態になる様にとの試練だったのでしょうか。

一億六〇〇〇万年前に遡って、どこかに、私の原子を見付けてと思い、人生を巡ってみる時、この三度の事故が物語っている様な気が致します。

三度共、一つ間違えば、命を落としている様な事故ばかり、でも、今、この年まで生かさせていただけて居ります。曾祖父は、刀を持った、武士でした。私の事故は首から上ばかり、このことから想像させていただくのは、その流れを、私のこの身で受けさせていただいたのでは、と思わざるを得ません。額の刀傷にいたしましても、バイクのフードカバーが壊れ、その翌日に事故に遭い額の刀傷《かたな》が真に原子の延長線の出来事としか考え様がございません。

これ以上、昔に遡ることは不可能ですが、仮に、これから先の流れを少しでも浄化することを、お許しいただけると致しますなら、幸せでございます。

人間の持つ「自然治癒力」に救われて

成人してから覚えている事故を通して、学ばせていただいたことを繙《ひもと》きながら、書かせて頂きます。

最初のバイクと軽トラックの事故は、額をケガし、ムチ打ちの事故でした。目に見える額の青いアザは、日に日に黄色味をおびて、下に移って行くのが解りました。そんな日が何日か何ヶ月か続いたある日、胃のあたりが痛くて、ころげ回っていました。主人は単身赴任で一人で救急車も呼べず、しばらくして痛みは治まりました。この時から、ケガは、表に見える物だけでなく、体内で見えない物も、徐々に下がっていくのだということを学びました。お陰様で、医者に掛かることもなく治りました。

でも、ムチウチの苦しみだけは、八年余り続きましたが、スッカリ治していただきました。

三回目の事故は、頭を強打しましたので、一番、きつい事故でした。

前項の通りの駐車場での事故です。

お陰様で目の視力も顔のイガミも、ほとんど治りました。表面的な部分だけは。ところが、一回目の事故で体験しました通り、表面に見えない内面が、十年経過した現在になって、お医者様から、心不全・ペースメーカーといわれる様になってきました。

ペースメーカーと告げられました時、「え、先生、私がペースメーカー」驚きの余り口に出ました。それ以来、無理を致しますと酸素濃度と脈拍に問題が起こる様になり、大学病院でも何度か、心電図のお世話になりました、その都度ペースメーカーをお勧めいただきましたが、どうしても、人工的に身にメスを入れることが納得出来なくて、時々、心臓のホッサに苦しみながら、…その間、大学病院のお医者様から「急ぐことはないでしょう」とおっしゃっていただきホッと致しました。半年程、経ちましたが、最近、ホッサが出なくなった様に思います。

先日急にお腹が痛くなり、食中りでも…と思っていましたが、すぐにおさまりました。頭の事故から十年余り、身体のダメージが、全てぬけ出たのでしょうか。いや、過去二つの体験から、治ったと信じて止みません！　多少の不整脈を感じながら。

最近、脈拍も酸素濃度もほとんど安定し、ホッサもほとんど起こりません。一ヶ月後に手術の予約済ですが、又、キャンセルしていただくことになるでしょう。お医者様には申し訳ありませんが、三度の事故の体験から体の中の傷が、十年近くかけて下って行っているのでしょうか、最近庭の草刈りをしましても普通通り働ける様になってきています。先生に、その旨をお伝えしますと快くキャンセルしてくださり「医者が強制するものではありませんから」と受け入れてくださいました。

勇気を持って「セカンド・オピニオン」を利用したお陰です。先のお医者様は「死にますよ死にますよ」と半強制的に「ペースメーカー」を勧めてくださっていました。

アインシュタイン

彼も、現在のウクライナと似ている。ドイツを逃れ、ポーランドへ、それからアメリカへ渡りオッペンハイマーと共に、研究し、そこで、原子ウランを発明。アインシュタインは、オッペンハイマーの反対を押し切って当時のアメリカ大統領に手紙を出した。このことについては後に後悔している。「未来の戦争を考えると人類は滅びてしまう。地球は、もう元気に戻らない」と言う、共に研究をしていたオッペンハイマーは、この発明を政府に報告すれば、核開発に使われるので、報告することに反対した。この時に舵を切ることが出来なかったアインシュタインの最後の言葉は、

「人生で一つ間違いを犯した」と言う。破滅に向かう彼の心理は、「人間性の中で最も難しいことは、知性はあっても、人格は持てないことだ」と。一方オッペ

ンハイマーは公職を追われ職を失ってしまった。責任を感じた彼は、オッペンハイマーの生活を末永く支えた。

ノーベル平和賞と恩の心

レントゲン・アインシュタイン・野口英世・湯川秀樹等々のすばらしい発明家の中には、人類を核兵器開発や戦争の危機に苛なまれさせています。当時の受賞者ご自身の発明が、時を経て「核廃絶運動」に携わるという皮肉を、想像されていたでしょうか。

湯川秀樹博士も、人生を通して「核兵器のない世界」を一生の責任として、求め続けられたとのこと。又アインシュタインは湯川秀樹氏に「日本人を殺して申し訳ない」と謝まられたとのこと。

二〇二〇年の「ノーベル平和賞」ＷＥＰの受賞者に「食糧支援に貢献」された方が受賞されたことは、誠に目出度く、心からエールを贈りたい。きっと地球を愛し、ご両親、ご家族を愛する優しい心の持主でいらっしゃるのでしょう。

さて、ここで思い出されるのは、野口英世の「恩を忘れない心」です。彼は、若い頃から、研究の合間に飲み歩き、友人に借金しては、飲み歩き、又、使いはたしては、借金をして飲み歩く。その様な彼が、勲二等旭日重光章を受賞されたのです。

その受賞のお祝いの席には、かつて借金をしては遊び回っていた、道楽時代を支えた友、所謂《いわゆる》、貸主の友人も、お祝いの席に出席されていました。

この方の祝辞は、何とおっしゃったでしょう。彼は「これで借金はチョウ消しだ」と、心からの祝意を述べられたのです。

野口英世は、「チョウ消しだなんて、とんでもない！　貴方から頂いたご恩は、一生忘れません。ご恩返しにチョウ消しはない。」とおっしゃったのです。

このお二人の間に、恩の心の花が咲き、受賞に繋がったものと、何だか人の心の持ち様の大切さを教えられました。と申しますより、恩を忘れた者には、成功の道はないのでは、と私の「感恩報謝」の心を、もっと深めなければと、反省しきりでございます。

ＩＴ・ＡＩ・テクノロジー・ゲノム時代に生《い》かされた 明治の教え

世の中には、いろいろと格言はございますが、明治生まれのご苦労の生活の中から生まれた格言の数々が、私の人生の道しるべとなりました。ちょうど十歳前後に、祖母が口にされていた言葉なので、全部は覚えて居りませんが、感謝で想い出して居ります。

一　情は人の為ならず
二　人の振り見て、我が振り直せ
三　親の光は七光
四　努力に勝る才能なし
五　安物買いの銭失い
六　情に竿指しゃ流される

七　口開いて人に食われるザクロかな
八　七転び八起きするが男なり
　沈まな浮かばぬ世の習い
九　舟は船頭まかせ
十　犯罪の陰に女あり
十一　馬には乗ってみよ、人には添おてみよ
十二　勝ってカブトの緒を締めよ
十三　買い着するより、洗い着せよ
十四　女房賢しゅうして、家ならず
十五　勝てば官軍、負ければ賊軍
十六　子三人、長者の孫
十七　妻の不作は六十年
十八　七つ違いは、泣いても添え
十九　人を呪わば穴二つ

二十　人間　僻《ひが》んだら終わり
二十一　腹、八分目医者いらず
二十二　なくて七癖《くせ》
二十三　一升枡は一升米一升粟一升

祖母は、私に何を教えようとしてくださっていたのでしょう、祖母からご注意を受けた言葉は、何も思い出せませんが、その時々の場面は、鮮明に残っております。

祖母は、私に注意することがある時は、横を向いて、お友達の良い所を「〇〇チャンは、こんなにされるんだって」と言った具合で、両者が立つ様におっしゃる賢い祖母でした。毎晩近くの女性の大臣の方が、来られて、政治談議に花が咲いて居りました。

叔父は、昔でいう飛び級で、京大理工学部卒業でした。実家に残された叔父のノートは、キレイな幾何学の図面が、書き残されていました。余談ですが、私が解析より幾何が好きだったのは何か？　…。

叔父は、世界の教会の「チャイム」を作られていました。終戦直後は私たち姉妹に、チョコレートや、お菓子をダンボールで送ってくださっていました。夏には、イカダの様な大きなゴムボートを送ってくださり、叔父の生家の私たちに、とても愛情をそそいでくださいました。今でしたら大切に大切に介護させていただきますのに、叔父が入院された時、私は何をしていたのでしょう。悔いが残りザンゲの涙が溢《あふ》れます。

ＡＩ・テクノロジーの研究に人類の英知と倫理を！

オイルショック、コロナショック、グローバル化、株価は訳もなく高騰し、貧富の差が止まらない時代へと、歴史は留まる所を知りません！

遠い先のことと思っていましたが、宇宙旅行が始まり、ＡＩもゲノム編集へと人類の誕生にまで組み込まれる時代となり、科学の進歩を喜んでばかりはいられません。

かつて、レントゲンも、初めの目標は、医療に貢献することでした。ドローン・ＡＩと、進化していく裏に、水爆・殺人器・ゲノム編集にと進化していく、人類に取り返しのつかない現実が待っている皮肉を、誰が望んでいるのでしょう。

宇宙旅行は、一人六分、二千何百万円とかであるのにもう何人もの人が待ち、ＡＩもゲノム編集による人間の誕生が研究され、中国では双児の赤チャンが誕生。

どうか、ゲノム編集が人類にとりまして、永遠の楽園になります様に舵を切っていただくことを願って止みません。人類の英知と倫理観を持って……。

東京オリンピックに想う　金メダルよりも、オリンピア精神を

世界の体育祭から、オリンピックに替わった訳は、世界がオリンピア精神を元に、戦争のない、平和な地球になることを、願ってのことでしょう。

卓球の女子ダブルスの、ホンコン対日本の試合は、今も心が痛みます。

常々、ホンコン情勢は、ニュースで見ていましたが、一個人の力では、どうする事も出来なく、いつも、もどかしさを感じて居りました。この日の、ホンコンとのダブルスを観戦しながら、涙があふれて、止まりません。

あの情勢下で、ここまで練習を積み重ね、けなげに戦っている。笑顔もなく、ユニホームも、日本選手のはなやかな物に比べ、地味な物、試合は、どちらとも言えなく、いい勝負。日本が、セリ勝ちましたが、勝負は勝負として、ホンコンに銅メダルをもって帰らせていただきたかった。現況のホンコン国民がどんなに

明るくなることが出来たでしょう。メダル以上に、そうしたエピソードは永遠に、語り継がれることでしょう「輝くオリンピア精神」と。

スケートボードの選手たちが、見せてくれました、真に求めるオリンピック。若者たちが、表現した、理想のオリンピア精神。今後、この若い世界の選手の行動からオリンピックが単にメダル争いのみに終わることなく、この勇気ある行動が、世界中に浸透し、戦争のない地球になることを願って止みません。

終戦後の日本列島改造論・所得倍増論
厳しい時代を乗り越えて

忙しい銀行員「俺が日本経済を支えてきた」といわしめる毎日残業続き。帰宅するなり妻を殴る。「会社で何か気にいらないことがあったのでしょう」と妻は殴られっぱなし。父には頭を撫でていただいたことはありましても、手を掛けられたことは唯の一度もございません。

月日が流れ、昭和時代から平成時代へと、私も銀行員の厳しい生活から当時のことは忘れすっかり許して居りました。ところが不思議なことに、平成二十七年四月十七日に主人が他界致しましたその瞬間から、今まで忘れていた思いが、突然クローズアップされてきました。その心の変化は、不思議にハッキリ致して居りました。きっと本当は許されない悲しい気持ちを封印し、ひたすら「なんとか妻としての務めの完了」を目標にし、日々張り詰めた我慢の感情から解かれた、真実の心の表れでしょう。それ以来、主人の厳しい当時の姿が甦り脳裏を離れません。

時折、父が天国の四方八方黄金に輝くお部屋から顕れます。ある時「今度はyの番だ」と一言夢枕に現れました。その叔母が三ヶ月後に、何の病気もありませんのに、手芸をしている時に、五十三歳の生涯を閉じられたのです。あの世では三ヶ月前から解っているのでしょうか。主人が、ある日の夜、夢枕に、その父の黄金のお部屋を指さして「あそこへ行きたいんだけど行けないんゃ」と出てきました。そりゃそうでしょう、妻の顔をアザだらけになる程殴っておいて。私は、時の流れと共に忘れ、「日本列島改造論・所得倍増時代」を共に戦ってきた同士として許してきましたが、唯の一度も謝意を表さなかったでしょう。いくら辛抱強い日本女性といえども我ながらよく耐えてきたと思います。私は許していましても神様は、見ていてくださっていたのですね。

この章は、今日まで封印しておこうかと思っていましたが、余りにも心が苦しいので、心の中の蟠りを取り除き、残りの人生を明るく過ごしたいとの思いから書くことにいたしました。

結婚生活

ある日の朝、いつものように出勤致します前、その日まで四年間お勤めした事務のこと、会社のことを、色々考え、仕事にも慣れてきましたし、近々機械化にもなります。又、お付き合いしているお方もありませんし、お付き合いしようとも考えず暫く「落ち着いて家庭中心の生活」をとの答えから、「二十八歳まで結婚しないから」といい残して玄関を出ようとした時、お一人の女性の方が入れ替わりに入って行かれました。後の義母となられるお方が、遠縁にあたる我が家に、お嫁さん探しに来られたのです。母と一緒に同級生のAさんはどうかしら、Bさんは、と考えて居りました。その時、思いもよらず「H子どう」と母が私に振ってきたのです。勤務にも慣れましたし、折角二十八歳までと決めたのに、父までが「豪農の息子や」と乗り気のない私に薦めてきます。二十歳になったばかりの私は、何も解らないまま、両家のお見合い、二人でお話したのは三〇分を二回、後はお手紙でした。五年間子宝に恵まれず、長男を授かりました時は両家にとてもお慶びいただきました。年子で長女を授かり、〇〇家にとりまして、初めての女の子で、大層お慶びいただきました。年子二人の忙しい日々の始まりです。主人の生い立ちと私の生い立ちの両極端の生活が見えてきましたのはこの頃だったでしょうか。

この頃の次男は、養子縁組に出ることが多かった時代でした。戦場で厳しい生活をされてこられたお父様の元で育てられた主人とは会話はなくあるのは暴力でした。一方、出兵しないで子煩悩な父親に育てられた私の生活です。私は、母に二回電話しました、三回目は家庭裁判所にも行きました、「大切な荷物は知り合いのところに預けて包丁も」とのことでした。もうだめと、電話をしました。が、母が来て収めて帰りました。私は、育ちの違う可哀そうなお方だからとの気持ちで妻として努めてまいりましたが、三回目からは、訳も解らず他の教えを求めるようになりました。今でこそ、生い立ちの違い、脳に受けた傷は一生消えないことを現実に学びましたが、その様な日々の生活のなかにあって、常に頭の中に浮かびますのは、祖母の常にドンとした態度と、教えのお陰で、最後まで添い遂げることが出来ました。でも、父が、「H子帰ろ」と玄関に立たれた時の父のお気持ち、夜も寝られず、夜が明けるのを待ちかねて遠い山道を二時間半もかけて来てくださったのに、そのまま帰ってしまわれました。「長男が風邪気味なの」との一言で、そのまま帰ってしまわれました。父のお気持ちを思う時、二人の子供と共に帰っていたら良かったのか、そうしたら主人の終焉の時の「ありがとう・満足や・バンザーイ」の言葉は、聞かれなかったことでしょう。その時、私は「H子、お前はよくやった」と自分を自分で褒めてやりました。と同時に父の心を想う時、子供たちと共に帰っていたら、父にどんなにお慶びいただけたことか、取り返しのつかない反省懺悔の気持ちでいっぱいです。今でも、どちらが良かったのかと頭をよぎります。今も…縁あって結婚したのだから、「離婚」という選択肢はなく子供たちから「お父さん」という存在を無くさないようにと、ひたすら耐え忍んで参りました。人生って不思議なものですね、お陰様で四十三歳で授

かりました次男が優しく私を支えてくれております。神様からの尊い大きな贈り物でしょうか

こんな結婚生活を、馬鹿な女性とお笑いくださぃ…あなただったら、もちろん離婚なさったことでしょうネ…。

祖母への感謝の気持ちを込めて

当時は、認知症の高齢者が増加し、あちこちで、研修が行われて居りました。東京、大阪にと、目に留まった研修は、片っ端から受講させていただきました。

一九九六年頃ご高齢者のお方にお出会い致しますと、じっとして居られなくて、私に何かさせていただくことは、と取り敢えず、「家事援助」「〇〇〇〇」をスタート致しました。家事援助からのスタートですが、需要が多く、一日に何件ものお客様の対応に追われていました。当時、職員様の募集は、ホテルの一室をお借りして毎回二五〜三〇名の受験者で、お部屋は一杯でした。そこで、筆記試験・面接を行っていました。現在のようにスマホもない時代、NTTの電話局への顧客様に弊社をご紹介いただくという、もったいなくも大忙しの電話が一日に何件ものご依頼をお請け致して居りました。一九九九年、思いもよらず、「介護保険制度」が始まりました。今までのお客様は、そのまま、介護保険に移行させていただき、事務員さんを採用し「ＮＰＯ法人〇〇〇〇〇」のご認証をいただくことが出来ました。県の広報に、大きな額が載っていました、まさかの弊社で驚きました余りの忙しさに、「この権利を、〇〇〇円でどなたかに、買っていただこうか」、と相談致しましたが即「売ったらあかん」との返事が返ってきました。「訪問介護」「グループホーム」「障害者支援」「サービス付き高齢者向け住宅」と展開し、皆様に支えられ、又素晴らしい会計様をご紹介いただき、ヘルパー様にも恵まれ、新聞テレビにも取り上げていただきながら順調に参りました。オーストラリアや国内の研修を受けて参りましたが、その成果を体験致します度、益々現場が好きになり、一日三時間の睡眠を続けて居りました。が、気持ちだけでは、体の無理が利かない年齢のあることを学びました。

先進国オーストラリア一九九〇年頃の高齢者介護施設で学んだこと

そこで驚いた事は、ご高齢者が大切にされているということでした。

まず「車椅子」は、クッション製のある、まるで、コンパクトな動くベッドの様なものでした。又驚いたことは「ベビールーム」が、本格的で、水回り、授乳が出来る様、哺乳瓶やベッドも備えてありました。お部屋の入口には「ベビールーム」とありました。

その当時日本では、「ドールセラピー」と言って、お人形を相手の回想法でした。血の通うベビーと、お人形のドールの違いは、歴然たるものです。

現在では、日本も、「認知症」と言っていますが、その当時は、「ボケ老人」と呼ばれ「ボケ老人をかかえる家族の会」なるものがございました。

先進国オーストラリアで学んだもの、日本では昔から、「ウサギ小屋」「姥捨て山」という言葉がありますが、そのものずばりを感じざるを得ません、遠い昔のことのはずですがどこを見ましても、入居者お一人、お一人の人生歴、生活を細かく理解して、お部屋も、それぞれ個性的です。お一人の認知症の方のお部屋は、見事で、半端じゃありません、お若い頃に潜水をなさっていたのでしょう、お部屋一面海中その物の魚や、海藻が大きく描かれており、そこで、椅子に座って静かに眺めていらっしゃいました。又、大きな男性の方は、ベッドの上の天井からモンキーバーが吊されていました。自力で起き上がれるように工夫されていたのでしょう、お部屋の壁には、宗教の大きな額が飾られておりました。又、日当たりの良い戸外では、日光浴をしながらパズルを楽しんでいらっしゃいました。

お一人・お一人の個性・人生歴に合わせた心遣いが感じられます。夜は、パーティーを開いてくださいましたが、そこでも、一家族による生バンド演奏が始まり、ホールいっぱいの楽しいダンスパーティーで入居者の方達と共に踊りました。あくる日の便りに、一緒に踊らせていただきましたお方が、翌日から「新聞を自ら読まれるようになられた」と喜びの報告をいただきました。何処を取りましても入居者様の心に寄り添った丁寧な心が感じられました。又、ピエロの格好をした二人の女性の方が、各お部屋を楽しそうに訪問されておりました。車椅子にいたしましても、クッション性のあるまるで動くベッドの様でした。さて、授乳室はどうでしょう。日本では、ドールセラピーと言って、赤チャンと同じ重さ形のもので、設えられたドールルームで、ドールセラピーと学びの場がございました。オーストラリアでは、実際に赤ちゃんの授乳が出来るように、水道も、電気も引かれ、ミルク・哺乳瓶・秤・等、全て本物そのものでした。日本の、一応形だけという感じではなく、オーストラリアのように、認知症のお方の心に響く本物こそが、意味があるのでしょう。

なぜ、何処を取りましても本物になるオーストラリアと、その場限りの形のみになる日本なのでしょう。昔からの、（姥捨て山の精神の名残）を感じるのは私だけでしょうか。

「道なき道」を歩くのが好きな私は、イバラの道を開拓する様な思いで認知症を服薬に依存することなく、人と人との係わりの中で、少しでも、症状を軽減することが出来ないものかと、小さな中古物件を改装致し、「グループホーム」のご認証をいただき始めさせていただきました。このホームで体験しました、不思議な出来事、お別れの時のこと等、少し記させていただきます。

N様七十八歳男性…お医者様のお父様で、皮膚《ひふ》ガンを患って居られました。胸のあたりが、ほんのり赤く感じられる程度でした。時が経つにつれ、少しずつ、盛り上がってきました。三年経過しました頃には、人目にするのは、お気の毒と思われ、チーフで、人目に触れない様にされて居りました。

ある夜のこと、居室を訪れますと、チーフの中の患部を、ご自分の手で握っていらっしゃいました。どんなに悲しかったことでしょう。

それから六ヶ月も経ったでしょうか、昼食時、急に両手がピーンと硬直され意識がありません、救急車の搬送依頼の通報と同時に、そばにありましたガーゼを当て、マウスツーマウスを施行するうちに、両手がフワフワと軟らかくなってくださった時は、本当にホッと致しました。

ご長男様に連絡を取りました。ご長男様は、「父は生きていますか」と連絡の都度、「父は生きていますか」と何度もおっしゃったのを覚えています。救急車で搬送後、処置室のドアの隙間から赤いお顔が見えました時程、さすが医療の力！　とありがたく思ったことはございません。

翌日、ご長男様をはじめ、ご親族の皆様にお会いになり、やすらかに旅立たれたのでした。ご長男様から「父を看ていただいたお礼に、何でもさせていただきます」と、もったいないお言葉を頂戴致しました。私は咄嗟《とっさ》に「入居者様をご紹介ください。」と申しますと「そんなんでいいのですか」と、いたらない私の様な者に、本当に、もったいないお言葉を頂戴し、今でも、心の宝物として輝いて居ります。

K様八十三歳　背の高いダンディなお方、お子様がいらっしゃらないお方でした。

甥っ子様が入籍されているとのことでした。たまに面会にお越しになるのは、メイッ子様でした。「おじちゃん、二千万円は、残しといてネ」とおっしゃっていたのを耳にしましたが、ご本人は、どんなに悲しかったことでしょう。又、いっこうに面会に来られない、甥っ子様の事です。K様は、ある日のこと「あいつは、いっこうに、見舞いに来ないなァ、いっペン、ガツンとやってやらなあかん！」と、おっしゃったことがございました。それから、何日も経たない日に、お亡くなりになったのでした（肺ガンでした）。

天候が悪い日で、雨が、降ったり、止んだり、時々、雨足のきつい日で、霊柩車も、雨が小降りになるのを見計られて、玄関のすぐ近くまで。横付けされ、いざ、ご出棺のその時です、今の今まで、止んでいた雨が、バケツをひっくり返した様に、甥っ子様の頭上めがけて降ったのです。それは不思議な、一瞬の大雨の一齣《こま》でした。

O様、八十七歳女性　糖尿病を患っていらっしゃいましたが、しっかりなさっていました。ある日の昼食後、居室を、お伺い致しました。O様は、ベッドに横になっていらっしゃいました。お傍に伺いますと「もう、いくけど又迎えに来てナ」「姉さんがいないと寂しいけど、又迎えに来てナ」「ここの食事はおいしかった」「もういくけど、又迎えに来てナ」その時、玄関に、二男様ご夫妻が大阪からお越しになりました。急いでお上がりいただき、お嫁様が「お母さん！　お母さん！」と呼びかけされましたが、一瞬の違いで、やすらかにお眠りになりました。

Y様ご夫婦　九十歳・八十七歳でご入居いただきました。例の認知症のお薬を沢山服用なさっていました。ある日のこと、どんどん暗い所（机の下）に潜っていかれたり、スリッパを頭に乗せたりなさっていました。夜の排尿はトイレではなく、廊下や玄関であったりでしたが、身体的にはお元気なお方でした。

老いるということの難しさを考えさせられました。年齢を重ねられましても、お家の将来のこと、お子様たちのこと、妻の健康のこと等をご心配なさる、お優しい親心が伝わってまいります時、老いをささえる難しさを痛感致します。私もその年齢に近付き、はじめてその心境のほんの少しですが解るような気が致します。

Y様の残されました能力で将来のお家のこと等をご心配して長男様に認《したた》められましたお手紙から、今一度お子様にお寄せになる親心を学ばせていただきたく存じます。

Y様が九十歳近くになられて尚、訴えられる深い想いにどれだけ共感し、Y様のお心に添うことが出来たでしょうか。ご入居して下さる方は皆様、決まって二時間ご自分の人生を語って下さいます。寄り添い、共感することの重要性をひしひしと感じます。

H様九十三歳　何不自由ない賢いご婦人でした。お元気でしたが車椅子で毎日十回十何回と居室から出たり入ったりなさって、ヘルパー二人が目を離すことが出来ず、付きっきりでした。介護計画の中ではとても間に合いません。ご自宅にいらっしゃる時は杖を振り回してフスマを破っておられたということですが、こちらでは自由に動き回られ、その様なことは一切ございませんでした。どこかで折り合いを付けられたのでしょうか。

T様八十三歳女性　認知症と診断、例の薬を服用されていました。今日まで認知症対応型生活介護のお勉強をさせていただいた全てを発揮し、人と人との関わりの中で、温かく接しさせていただいており、T様は穏やかな日々をお過ごしでした。二、三ヶ月経過致しましたある日ご家族おそろいで、ご面会に、お越しになりました。「お母さん、良くなったネェ、お薬止めたから？　これやったら、家で看られるネェ」ご家族の皆様が驚かれ、退居の運びとなりました。

こちらのホームの目標であります、「服薬に依存することなく、人と人との関わりの中で、共に輝きましょう」と、確かなお答えをいただいたことが何より嬉しく継続の力をいただいたものです。

あなた「ゴメンナサイネ」

苦しかった思いが吹っ飛んだヮ、心が治まりました。逆に貴方に申し訳ない気持ちが湧いてきました。だって、その世からは何も言えないんだものネ、今度は、貴方の身になって貴方の言いたいことを書くわ、十分には書けないと思うけど、あの終焉《しゅうえん》の時の「ありがとう・満足や・バンザーイ！」と、やすらかに逝ったのだから、何も思い残すことはないのかも解りませんね。でも貴方が、忙しい大変な、お仕事を、よく最後まで遣《や》り遂げてくださったと思っているのよ、家族の為に。

毎月十三日が来ると、クタクタになって帰ってきてましたネ、「苦情処理の日」だったように思っていました、本当に頑張ってくださっていることは、よく理解出来ました。でも、ここを書かせていただいて、やっと貴方に、心から感謝の気持ちが湧いてきました。

私、死後は、「親鸞聖人」の父の元に行きたいと思っていましたけれど、「お釈迦様」の貴方「瑞晃院厳浄正信居士」の元に行きたくなりました。仲良くしてくださいネ、好き放題、書いてゴメンナサイ、でも、その代わり、こんな心境になれたのだから、やっぱり必要だったのでしょうね。

三人の愛しい子供たちを残してくださってありがとう、それでは又…。

あなた「ゴメンナサイネ」

央子画

著者プロフィール

河田　央子（かわだ　ひさこ）

京都府出身、滋賀県在住。
京都府立西舞鶴高等学校卒。
特定非営利活動法人ホームママ運営。

LONG LONG AGO

2024年12月15日　初版第１刷発行

著　者　河田 央子
発行者　瓜谷 綱延
発行所　株式会社文芸社
〒160-0022　東京都新宿区新宿1－10－1
電話　03-5369-3060（代表）
03-5369-2299（販売）

印刷所　株式会社フクイン

ISBN978-4-286-25950-5